幼兒全語文階梯故事系列

摘果子

袁妙霞 著
野人 繪

小兔子和小烏龜到郊外旅行。

小兔子說：「你可以跑快些嗎？」
小烏龜搖搖頭，說：「我跑不快。」

路上，他們遇見小猴子。
小猴子請他們一起去果園摘果子。

小猴子説：「你可以爬高些嗎？」
小兔子搖搖頭，説：「我爬不高。」

小猴子摘了很多果子，盛滿一籃子。

小兔子和小烏龜問：「這麼多果子，你吃得完嗎？」

小猴子搖搖頭，說：「我吃不完。來！我們一起吃。」

導讀活動

進行方法：

1. 讀故事前，請伴讀者把故事先看一遍。
2. 引導孩子觀察圖畫，透過提問和孩子本身的生活經驗，幫助孩子猜測故事的發展和結局。
3. 利用重複句式的特點，引導孩子閱讀故事及猜測情節。如有需要，伴讀者可以給予協助。
4. 最後，請孩子把故事從頭到尾讀一遍。

提問

封面

1. 圖中的小猴子在做什麼？
2. 為什麼小兔子和小烏龜不一起摘果子呢？
3. 請把書名讀一遍。

P2

1. 圖中的小烏龜背着什麼東西？小兔子又背着什麼東西？
2. 你猜他們要到哪裏去？

P3

1. 烏龜和兔子，誰跑得快，誰跑得慢？
2. 你猜跑在前面的小兔子對小烏龜說什麼？小烏龜是搖頭還是點頭呢？

P4

1. 路上，他們遇見誰呢？小猴子手裏拿着什麼？樹上長滿了什麼？
2. 你猜小猴子要到哪裏去？做什麼？他會邀請小兔子一起去嗎？

P5

1. 猴子和兔子，誰爬樹爬得高，誰爬不高？
2. 你猜已爬上樹頂的小猴子對小兔子說什麼？小兔子是搖頭還是點頭呢？

P6

1. 籃子裏裝滿了什麼？
2. 這都是誰摘的？

P7

1. 小兔子和小烏龜想吃果子嗎？你是怎樣知道的？
2. 這麼多果子，你猜小猴子吃得完嗎？

P8

1. 你猜對了嗎？
2. 小猴子願意跟朋友分享果子嗎？

說多一點點

龜兔賽跑

兔子和烏龜要進行賽跑。

兔子跑得很快，烏龜跑得很慢。

兔子認為自己一定贏，便在比賽途中小睡一會兒。

烏龜超過了睡夢中的兔子，到達終點，贏了比賽。

字卡

❶ 把字卡全部排列出來，伴讀者讀出字詞，請孩子選出相應的字卡。
❷ 請孩子自行選出多張字卡，讀出字詞並口頭造句。

請沿虛線剪出字卡。

摘果子	郊外	旅行
跑	搖頭	遇見
一起	果園	爬
高	盛滿	籃子

幼兒全語文階梯故事系列
第2級（初階篇）

《摘果子》

幼兒全語文階梯故事系列
第2級（初階篇）
《摘果子》
©園丁文化
幼兒全語文階梯故事系列
第2級（初階篇）
《摘果子》
©園丁文化
幼兒全語文階梯故事系列
第2級（初階篇）
《摘果子》
©園丁文化
幼兒全語文階梯故事系列
第2級（初階篇）
《摘果子》
©園丁文化
幼兒全語文階梯故事系列
第2級（初階篇）
《摘果子》
©園丁文化
幼兒全語文階梯故事系列
第2級（初階篇）
《摘果子》
©園丁文化
幼兒全語文階梯故事系列
第2級（初階篇）
《摘果子》
©園丁文化
幼兒全語文階梯故事系列
第2級（初階篇）
《摘果子》
©園丁文化
幼兒全語文階梯故事系列
第2級（初階篇）
《摘果子》
©園丁文化
幼兒全語文階梯故事系列
第2級（初階篇）
《摘果子》
©園丁文化
幼兒全語文階梯故事系列
第2級（初階篇）
《摘果子》
©園丁文化